Introducción a los padres

We Both Read es la primera serie de libros diseñada para invitar a padres e hijos a compartir la lectura de un cuento, por turnos y en voz alta. Esta "lectura compartida" —que se ha desarrollado en conjunto con especialistas en primeras lecturas— invita a los padres a leer los textos más complejos en la página de la izquierda. Luego, les toca a los niños leer las páginas de la derecha, que contienen textos más sencillos, escritos específicamente para primeros lectores.

Leer en voz alta es una de las actividades más importantes que los padres comparten con sus hijos para ayudarlos a desarrollar la lectura. Sin embargo, *We Both Read* no es solo leerle *a* un niño, sino que les permite a los padres leer *con* el niño. *We Both Read* es más poderoso y efectivo porque combina dos elementos claves del aprendizaje: "demostración" (el padre lee) y "aplicación" (el niño lee). El resultado no es solo que el niño aprende a leer más rápido, ¡sino que ambos disfrutan y se enriquecen con esta experiencia!

Sería más útil si usted lee el libro completo y en voz alta la primera vez, y luego invita a su niño a participar en una segunda lectura. En algunos libros, las palabras más difíciles se presentan por primera vez en **negritas** en el texto del padre. Señalar o hablar sobre estas palabras ayudará a su niño a familiarizarse con ellas y a ampliar su vocabulario. También notará que el ícono "lee el padre" ⊚ precede el texto del padre y el ícono "lee el niño" ⊚ precede el texto del niño.

Lo invitamos a compartir y a relacionarse con su niño mientras leen el libro juntos. Si su hijo tiene dificultad, usted puede mencionar algunas cosas que lo ayuden. "Decir cada sonido" es bueno, pero puede que esto no funcione con todas las palabras. Los niños pueden hallar pistas en las palabras del cuento, en el contexto de las oraciones e incluso en las imágenes. Algunos cuentos incluyen patrones y rimas que los ayudarán. También le podría ser útil a su niño tocar las palabras con su dedo mientras lee, para conectar mejor el sonido de la voz con la palabra impresa.

¡Al compartir los libros de *We Both Read*, usted y su hijo vivirán juntos la fascinante aventura de la lectura! Es una manera divertida y fácil de animar y ayudar a su niño a leer —¡y una maravillosa manera de preparar a su niño para disfrutar de la lectura durante toda su vida!

WE BOTH READ®

Parent's Introduction

We Both Read is the first series of books designed to invite parents and children to share the reading of a story by taking turns reading aloud. This "shared reading" innovation, which was developed with reading education specialists, invites parents to read the more complex text and story line on the left-hand pages. Then, children can be encouraged to read the right-hand pages, which feature text written for a specific early reading level.

Reading aloud is one of the most important activities parents can share with their child to assist them in their reading development. However, *We Both Read* goes beyond reading *to* a child and allows parents to share the reading *with* a child. *We Both Read* is so powerful and effective because it combines two key elements in learning: "modeling" (the parent reads) and "doing" (the child reads). The result is not only faster reading development for the child, but a much more enjoyable and enriching experience for both!

You may find it helpful to read the entire book aloud yourself the first time, then invite your child to participate in the second reading. In some books, a few more difficult words will first be introduced in the parent's text, distinguished with bold lettering. Pointing out, and even discussing, these words will help familiarize your child with them and help to build your child's vocabulary. Also, note that a "talking parent" icon ⟲ precedes the parent's text, and a "talking child" icon ⟳ precedes the child's text.

We encourage you to share and interact with your child as you read the book together. If your child is having difficulty, you might want to mention a few things to help him. "Sounding out" is good, but it will not work with all words. Children can pick up clues about the words they are reading from the story, the context of the sentence, or even the pictures. Some stories have rhyming patterns that might help. It might also help them to touch the words with their finger as they read, to better connect the voice sound and the printed word.

Sharing the *We Both Read* books together will engage you and your child in an interactive adventure in reading! It is a fun and easy way to encourage and help your child to read—and a wonderful way to start them off on a lifetime of reading enjoyment!

Dragons Do Not Share!
¡Los dragones no comparten!

A We Both Read Book
Bilingual in English and Spanish

Text Copyright © 2018 by D.J. Panec
Illustrations Copyright © 2018 by Andy Elkerton
All rights reserved

We Both Read® is a trademark of Treasure Bay, Inc.
Editorial Services by Cambridge BrickHouse, Inc.
Bilingual adaptation © 2018 by Treasure Bay, Inc.

Published by Treasure Bay, Inc.
P.O. Box 119
Novato, CA 94948 USA

Printed in Malaysia

Library of Congress Catalog Card Number: 2017910174

ISBN: 978-1-60115-092-9

Visit us online at:
TreasureBayBooks.com

PR-10-17

Dragons Do Not Share!
¡Los dragones no comparten!

By D.J. Panec

Illustrated by Andy Elkerton

Translated by Yanitzia Canetti

TREASURE BAY

Sam was a dragon who did not want to share. He did not want to share his crayons. He did not want to share his . . .

Sam era un dragón que no quería compartir. No quería compartir sus crayones. No quería compartir sus . . .

2

 . . . cars.

. . . carros.

Many little dragons don't like to share. That's just the way they are. Sam did not want to share his books or his building toys or his old, torn . . .

A muchos dragoncitos no les gusta compartir. Así son. Sam no quería compartir sus libros, ni sus juguetes de construcción, ni su viejo y estropeado . . .

4

. . . map.

. . . *mapa.*

One day Sam's cousin, Tess, came to visit. Sam's mother asked him to share his toys with her, but Sam said, . . .

Un día Tesa, la prima de Sam, vino a visitarlo. La madre de Sam le pidió que compartiera sus juguetes con ella, pero Sam dijo: . . .

. . . "No."

. . . –No.

Sam told his mother, "Dragons never share."

His mother said, "Sam, that isn't true. Don't I share my hugs **with you**? Don't I share my books **with you**? Don't I share my cookies . . .

—Los dragones nunca comparten —le dijo Sam a su madre.

—Sam, eso no es cierto —dijo su madre—. ¿No comparto mis abrazos **contigo**? ¿No comparto mis libros **contigo**? ¿No comparto mis galletas . . .

8

. . . **with you?"**

. . . *contigo?*

Sam's mother held up the sheet of **cookies** she was making and blew a big breath over them, instantly baking all the **cookies** to perfection. Sam's mother gave Sam a small bag of . . .

*La madre de Sam sacó la bandeja de **galletas** que estaba haciendo y las sopló con fuerza, horneando al instante y a la perfección todas las **galletas**. La madre le dio a Sam una pequeña bolsa de . . .*

 . . . **cookies**.

. . . *galletas*.

 "Would you please take these cookies outside and share them with Tess?" said Sam's mother.

Sam took the bag and went outside with Tess, but he did not want to share. He ate a whole cookie with one big **bite**. Then he ate a second cookie with another big . . .

—¿Podrías llevar afuera estas galletas y compartirlas con Tesa? —dijo la madre de Sam.

Sam tomó la bolsa y salió con Tesa, pero él no quería compartir. Se comió una galleta entera de un gran **bocado**. Luego se comió una segunda galleta con otro gran . . .

. . . bite.

. . . bocado.

Sam did not offer Tess a cookie. Tess didn't say anything, but she looked a little . . .

Sam no le ofreció a Tesa ni una galleta. Tesa no dijo nada, pero parecía un poco . . .

. . . sad.

. . . triste.

Sam told Tess that he had a new **red** scooter. Tess smiled and said that her favorite color was . . .

*Sam le dijo a Tesa que tenía una nueva carriola **roja**. Tesa sonrió y dijo que su color favorito era el . . .*

16

. . . **red**.

. . . ***rojo***.

Sam showed Tess some tricks he could do on his scooter. Tess clapped when he flew off the ground and did a perfect loop. Tess asked Sam if she could have a turn, but Sam said, . . .

Sam le mostró a Tesa algunas de las piruetas que podía hacer con su carriola. Tesa aplaudió cuando él saltó y dio una vuelta completa en el aire. Tesa le preguntó si ella podía tener su turno, pero Sam le dijo: . . .

 . . . "No."

. . . —No.

Sam told Tess that he didn't want to **share**. He didn't want to **share** his cookies. He didn't want to **share** his scooter. He just didn't want to . . .

*Sam le dijo a Tesa que él no quería compartir. Él no quería **compartir** sus galletas. Él no quería **compartir** su carriola. Él simplemente no quería . . .*

. . . **share**.

. . . ***compartir***.

Tess looked even sadder now. She turned her back to Sam, but he could tell that she was starting to cry. Sam began to feel . . .

Ahora Tesa parecía aún más triste. Le dio la espalda a Sam, pero él se dio cuenta de que ella había empezado a llorar. Sam empezó a sentirse . . .

. . . bad.

. . . mal.

23

"Sorry, Tess," said Sam. "I'm not being mean. I just don't want to share."

"It's OK," Tess replied. "I don't need a turn. I brought a **book** with me, and I think I'd rather read my . . .

—Lo siento, Tesa —dijo Sam—. No estoy siendo malo. Simplemente no quiero compartir.

—Está BIEN —contestó Tesa—. No necesito un turno. Traje un **libro** conmigo, y creo que prefiero leer mi . . .

. . . book."

. . . *libro*.

Sam did some more tricks on his scooter, but it wasn't as much fun without **Tess**. Sam took the last cookie from the bag. He was about to eat the cookie with a big bite, but then he thought about . . .

*Sam hizo algunas maromas más en su carriola, pero no era tan divertido sin **Tesa**. Sam tomó la última galleta de la bolsa. Estaba a punto de comérsela de un gran bocado, pero entonces pensó en . . .*

... **Tess**.

... *Tesa*.

Sam thought about how sad Tess looked. Then he remembered a time when he was sad and his mother helped him to feel better. Sam put the cookie back into the . . .

Sam pensó en lo triste que se veía Tesa. Entonces recordó una vez en que él estaba triste y su madre lo ayudó a sentirse mejor. Sam volvió a poner la galleta en la . . .

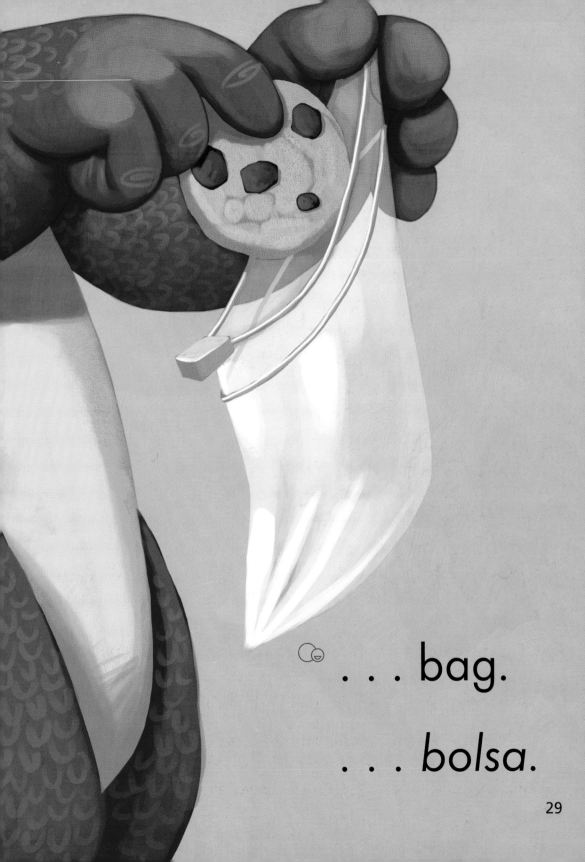

. . . bag.

. . . *bolsa.*

Sam found Tess reading her book. "There's one more **cookie**," said Sam. "Would you like to eat it?"

Tess seemed surprised but said, "Thanks, Sam, I *would* like to have a . . .

Sam encontró a Tesa leyendo su libro. —Queda una **galleta** —dijo Sam—. ¿Te gustaría comértela?

Tesa pareció sorprendida, pero dijo: —Gracias, Sam, me gustaría comer una. . .

. . . cookie."

. . . *galleta*.

Tess broke the cookie in half. "Take it," she said. "We can share it."

Sam seemed surprised. "No," he said. "That's nice of **you**, but I already had two cookies. That one is for . . .

Tesa partió su galleta por la mitad. —Toma —dijo—. Podemos compartirla.

*Sam parecía sorprendido. —No —dijo—. Es muy amable de **tu** parte, pero yo ya me comí dos galletas. Esa es para . . .*

. . . you."

. . . ti.

Tess smiled and ate the cookie in two big bites. Then she pointed at the **holes** all over Sam's yard and said, "Why are there so many . . .

Tesa sonrió y se comió la galleta de dos grandes bocados. Luego señaló los **hoyos** por todo el patio de Sam y dijo: —¿Por qué hay tantos . . .

. . . holes?"

. . . hoyos?

"I've been digging for treasure," Sam answered. "I have a treasure map, but it's ripped. I'm missing the part where the treasure is marked with an . . .

—He estado buscando un tesoro —contestó Sam—. Tengo un mapa del tesoro, pero está rasgado. Me falta la parte donde está marcado el tesoro con una . . .

. . . X."

. . . X.

"I have part of a map, too!" exclaimed Tess.

She held her map next to Sam's map. The two maps fit together and showed them exactly where to . . .

—¡Yo también tengo parte de un mapa! —exclamó Tesa.

Ella puso su mapa al lado del mapa de Sam. ¡Los dos mapas encajaban y les mostraba exactamente dónde . . .

. . . dig!

. . . cavar!

Sam and Tess shared the work of digging at the spot marked with an X. And when they found the treasure, they were both very happy to . . .

Sam y Tesa compartieron el trabajo de excavar en el lugar marcado con una X. Y cuando encontraron el tesoro, ambos se pusieron muy contentos de . . .

. . . share.

. . . compartir.

If you liked Dragons Do Not Share!, here are some other
We Both Read® books you are sure to enjoy!

*Si te gustó ¡Los dragones no comparten!, hay aquí otros
libros de la serie We Both Read ¡que seguro vas a disfrutar!*

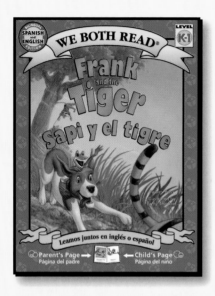

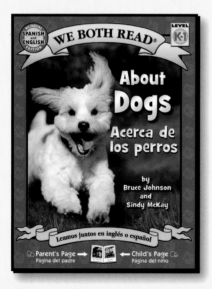

To see all the We Both Read books that are available,
just go online to **www.WeBothRead.com**.

*Para ver todos los libros disponibles de la serie We Both Read®,
visita nuestra página web: **www.WeBothRead.com***